CATALOGUE

D'ESTAMPES.

CHARLES DE MOURGUES FRÈRES,

58, Rue Jean-Jacques-Rousseau. — 486.

CATALOGUE.

—

ESTAMPES

ANCIENNES ET MODERNES

DE DIVERSES ÉCOLES.

PIÈCES EN COULEUR

PORTRAITS. — VIGNETTES. — LITHOGRAPHIES.

DESSINS

Collection de M. M***,

ARTISTE-PEINTRE,

Dont la vente aux enchères publiques aura lieu

HOTEL DES COMMISSAIRES-PRISEURS,

Rue Drouot, 5, salle n° 7, au premier étage,

Le Lundi 20 Avril 1874, à une heure.

Me LAFONTAINE, Commissaire-Priseur,

rue de Paradis-Poissonnière, 53,

Assisté de M. LOIZELET, marchand d'Estampes,

rue des Beaux-Arts, 12.

AVRIL. — 1874.

CONDITIONS DE LA VENTE.

Elle sera faite au comptant.

Les acquéreurs payeront, en sus du prix d'adjudication, *cinq* pour *cent*, applicables aux frais.

M. Loizelet, dirigeant la vente, se charge des Commissions.

Le Catalogue nous ayant été remis manuscrit, les attributions de l'amateur ont été conservées pour les dessins.

ESTAMPES

ANCIENNES ET MODERNES.

1 **Aliamet.** Vue de Boom sur le *Ruppel*, d'ap. *Van der Neer*. Belle ép.

2 **Anonymes.** Adoration des Mages (école allemande). — Vue de Hollande. — Deux Marines. Belles eaux-fortes. 4 pièces.

3 **Anonyme.** L'âne, satire contre Fréron. Cette pièce devait être mise en tête de la comédie de l'*Écossaise*, mais elle parut en tête de la tragédie de *Tancrède*.

4 **Anselin.** Vous avez la clé..., mais il a trouvé la serrure, d'ap. *Borel*. Belle ép.

5 **Aubry-Lecomte.** Érigone, d'ap. *Girodet*, très-belle ép. avant lettre, chine, marges.

6 Pan poursuivi par Syrinx, d'ap. *Girodet*, et la Nuit par *Dassy*. Ép. chine. 2 pièces.

7 **Auden-Acrd,** Groupe du taureau Farnèse. Belle ép.

8 **Audran** (Gérard). Enée sauvant son père Anchise, d'ap. le *Dominiquin*.— Gravure remargée, magnifique d'ép.

C'est la seule des gravures d'Audran où 'e burin ait été employé sans préparation à l'eau-forte.

9 Enfant emporté par un aigle, d'ap. *Titien*. Belle épreuve.

10 **Bartolozzi.** Deux très-jolies vignettes avant toutes lettres. — Nymphes. 3 pièces.

11 **Béga.** La jeune Cabaretière. Belle ép.

12 **Bernardi.** Vierge et enfant Jésus, d'ap. *Sasso Ferrato*. Ép. avant la lettre.

13 **Bol** (Ferdinand). Saint Pierre. Belle eau-forte.

14 **Bolognèse** (Batista-Franco). Paysages. Belles eaux-fortes. 4 Ép.

15 **Both** (André). Le Muletier, pièce en largeur. Belle ép.

16 Paysages. — 2 pièces en hauteur. Belles ép.

17 **Bry** (Jean-Théodore de). L'âge d'or, d'ap. *Blocmart*, pièce ronde. Très-belle ép.

18 **Calame.** Paysages. — Lithographies. Belles ép. anciennes imprimées par *Jacomme*. .... 3 Ép.

19 **Callot.** La grande foire de Florence, avec les écussons à gauche et à droite de la terrasse. *In Firenza* 1620. Très-belle ép.

20 Le Jeu de Boules. Belle ép.

21 Les Misères de la Guerre. Belle ép.

22 **Carrache** (Annibal). Suzanne et les Vieillards. Belle ép. avec la dédicace et les deux distiques latins.

23 **Carrache** (Augustin). Le corps mort de Jésus-Christ, d'ap. *Véronèse*, à la droite d'en bas on lit : *Agu. Car. fe Paulli Caliari Veronensis opus, Giaco Franco forma.*

24 La même, avec marges, mêmes indications que la précédente, sauf M n° 2 à la place de *Giacomo Franco.*

25 **Chaponnier** (Alexandre). La Leçon de musique. — Ouverture de Nina, d'ap. *Boilly.* Belle ép. avant la lettre.

26 **Chataignier.** Assemblée des Dieux. Belle eau-forte. Ép. d'essai.

27 **Copia.** En jouir..... d'ap. *Prudhon.*

28 { Albracome et Anzia,   id.
{ LaGrotte,   id.

29 Phrosine et Mélidore,   id.
  4 ép. avant la lettre.

30 **Couché** fils. Voltaire couronné sur la scène du

Théâtre-Français, d'ap. *Moreau*. Petite ép. très-
fine d'exécution, avant la lettre.

31 **Dalen** (Corneille Van). Vénus et l'Amour, d'ap.
Flink. Superbe ép. avec l'adresse d'*A. Bloteling
excudit*.

32 **Daubigny.** L'approche de l'Orage. — Le Prin-
temps. — Le Soleil couchant, et 3 autres anciennes
eaux-fortes. 6 pièces.

33 **David.** La Poule au pot, dédiée à la reine Marie-
Antoinette. Très-belle ép.

34 **Decamps.** L'Anier turc, eau-forte. Belle ép.
sur chine avant la lettre.

35 Corps de garde turc, eau-forte sur chine (tiré de la
Revue des Peintres, 1834).

36 Une Mendiante, lithographie (tirée de l'*Artiste*).
Belle ancienne ép.

37 Le gardeur de porcs, eau forte.

38 **Desplaces.** Pomone, d'ap. *Fouché*. Ép. avant
la lettre.

39 **Devilliers** frères. Philosophe en méditation,
d'après *Rembrandt*. Petites eaux-fortes pour
almanachs. . . .

40 **Dietrich.** L'Arracheur de dents, composition
dans le goût d'Adrien van Ostade. Morceau cintré
du haut où est écrit : *Dietricy* 1767. Très-belle
épreuve.

41 **Duflos.** Le Savetier d'ap. *Wantel.* Ép. avant la lettre.

42 **Duplessis-Bertaux.** Les adieux de Louis XVI à sa famille, au Temple. Piéce ronde avant toutes lettres, très-rare.

43 **Dupré** (Jules). Bords de la Somme (tiré de l'*Artiste*). Lithographie, ancienne ép.

44 **École de Fontainebleau.** *Et venere et veneris.* — La Renommée. 2 piéces.

45 **Felon.** Vénus sortant des eaux. Belle ép. sur chine avant la lettre.

46 **Ficquet.** De Lamothe-Levayer. Ép. avant toutes lettres, sans les noms du peintre et du graveur.

47 **Flipart.** Combat des Centaures et des Lapithes, d'ap. *Bon Boullogne.* Ép. avant la lettre.

48 **Fragonard.** Le Parc, eau-forte par lui-même. sans le nom et la statue sur le soubassement, d'après *Fragonard*

49 { Le temps orageux, gravé par *Mathieu.* / Annette à l'âge de 15 ans, gravé par *Godefroy.* / Le Calendrier des Vieillards, avant la lettre.

50 Le Baiser à la dérobée, par *Regnault.* Très-belle ép. avant la lettre, sur chine, toutes marges.

51 La Fontaine d'amour, par *Regnault*, avec la lettre grise qui est l'épreuve avant la lettre.

52 **Français.** Chansons à la porte d'une posada. — Le Crépuscule, d'ap. *Paul Huet.* — Novembre.

d'ap. *Français*, lui-même. — Démocrite, d'ap.
Corot. — Paysage, d'ap. *Calame.* Lithographies,
anciennes ép. sur chine.

53 **Galle** (Théod.). Décollation de Saint Jean-Bap-
tiste, d'ap. *De Vos.* Belle ép.

54 **Gavarni.** Étude, son portrait, lithographie, belle
ancienne ép.

55 La jeune Fille au chevet de sa mère morte. — Le
Commentaire. Toutes ép. sur chine.

56 **Gellee** (Claude-Lorrain). Un Port de mer, à la
gauche du trait carré : *Claudius Gellée, in Roma,*
1633.

57 **Géraut.** Jeune femme à la fenêtre tenant un coq,
d'ap. *Gérard Dow.* Ép. avant la lettre.

58 **Géricault.** Deux Chevaux galopant dont l'un
monté par un jockey, lithographie. Belle anc.
ép. sur chine, lithographie de *Villain.*

59 **Germain.** Vue d'un Palais. — Vue d'une Ri-
vière. 2 belles eaux-fortes avant la lettre.

60 **Godefroy.** Femmes se baignant, paysage avant
la lettre, marges. La tour des deux Amants, d'ap.
Lantara. Ép. avant la dédicace.

61 **Goltzius** et son école. Cérès, Vertumne et Pomone. Belle ép. avant la lettre.
Copie de cette pièce non terminée.

62 Les trois Grâces.

63 Jupiter et Europe.

64 Enlèvement de Dejanire..

65 Pan et Syrinx. Belles ép.

66 **Granthomme** de l'école de Goltzius. *Inscius non honorabitur*, d'ap. *Spranger*. Très-belle d'épreuve.

67 **Guttenberg.** Deux vignettes, ép. avant lettre.

68 **Halbou.** Agar. d'ap. *Netscher*. Ép. avant la lettre. — Joueurs de tric-trac, d'ap. *Leduq*. Ép. avant la lettre.

69 **Hasard,** artiste anglais, mort dans la révolution de Bruxelles en servant comme volontaire, portrait de sa femme. Très-belle eau-forte.

70 **Hofer** (Daniel).. Jésus chez Pilate. Eau forte.

71 **Huet** (Paul). Terrasse de Saint-Cloud, tiré de l'*Artiste*, salon 1833, lithographie, ancienne ép. — Clair de Lune. Eau-forte, avant la lettre.

72 **Hugo** (Victor), d'ap. ses dessins : Bords du Rhin, gravé par *Hédouin*. — Vue de Lierre (Belgique), lithographie par *Durand*, 1837. — Lucerne, lithographie par *Durand*, 1839, pièces rares de l'*Artiste* et de *la France littéraire*.

73 **Jacque** (Ch.) Paysage soir, d'ap. *Marvy* et le Vieux pauvre. — Deux paysages, d'ap. *Hobbema* (de l'*Artiste*). Très-belles ép. chine. — Vignettes de Walter-Scott. — Idylle des Mystères de Paris, etc.

74 **Jeaurat.** Pan et Syrinx, d'ap. *Mignard*. Belle épreuve.

75 **Jode** (Pierre de). Vénus et l'Amour, d'après *Spranger*. Très-belle ép.

76 **Jordaens.** Le Christ mort descendu de la croix, avant l'adresse de *Bloteling*. Très-belle ép.

77 **Tony Johannot**. Jeune fille écoutant un jeune garçon à la fenêtre. Belle eau-forte avant la lettre, chine.

78 Les derniers moments, tiré de l'*Artiste*. — Scènes de la Vendée, tiré de l'*Artiste*. Très-belles eaux-fortes, chine.

79 **Alfred Johannot.** Mirabeau et Marie-Antoinette, tiré de l'*Artiste*. Lithographie ancienne.

80 **Kauffmann** (Angelica). Jeune fille penchée sur une urne. Eau-forte, 1767.

81 **Keller** (Jos.). La Vierge, d'après *Steinle*. — Concert d'Anges, d'ap. *Steinle*. — Christ en croix, d'ap. *Steinle*. — Christ sur les genoux de la Vierge, d'ap. *Steinle*. — Corps mort du Christ, d'ap. *Overbeck*. — Christ avec la Croix, d'ap. *Overbeck*. — Le Christ aux mains des bourreaux, d'ap. *Overbeck*. Pièces avant la lettre des *Beaux-Arts* de Curmer.

82 **Lebas.** Grand paysage en haut., d'ap. *Berghem*. Ép. avant la lettre, marges.

83 Taureau et Vaches, d'ap. *Paul Potter*. Belle ép.

marge. — L'Alchimiste, d'ap. ..... Ép. avant
la lettre. — Paysage d'ap. *Lingelbach*. Ép. avant
la lettre.

84 Achille reconnu par Ulysse, d'ap. *D. Téniers*, par
Martini et *Lebas*. Belle ép., marges.

85 Intérieurs, d'ap. *Téniers*. 2 pièces. — Bois près
de La Haye, d'ap. *Ruisdael*.

86 **Leclerc** (Sébastien). L'Académie des Sciences et
des Beaux-Arts. Ép. avant les armes.

87 L'entrée d'Alexandre dans Babylone. Belle ép.

88 L'Apothéose d'Isis. Belle ép.

89 L'Enfant Jésus en berger, pièce dite *Puer par-
vulus*. 2 ép. L'une avec le berger vêtu d'une tu-
nique et avant les roseaux derrière lui, l'autre
avec l'enfant nu à la place du berger et des
roseaux.

90 La Sainte Vierge tenant l'enfant Jésus auquel un
ange presente une corbeille de fruits. Très-belle
ép. — Ruines d'un Palais. Belle ép.

91 **Levillain.** Le jeune Homme au bocal, d'ap.
Mieris. Ép. avant la lettre. — Le Lupanar, d'ap.
Mieris. Ép. avant la lettre.

92 **Lombard.** La comtesse de Sunderland, d'ap.
Van Dick. — Élisabeth, d'ap. *Van Dick*. Belles
épreuves.

93 **Longhi**. Une Exécution, gravure de 1810. Belle
ép., marges.

94 **Lucas**. Le Bain, de l'*Artiste*. Très-belle anc. ép.

95 **Lucchesi**. Le Massacre des Innocents, de Raphael, d'ap. *Raimondi*. *Van Schoel excudit*. Belle épreuve.

96 L'Annonciation, d'ap. *Raphaël*, copie d'ap. *Marc-Antoine*.

97 **Marc** de **Bye**. Vaches et Bœufs. 4 belles ép.

98 **Marcenay** de **Ghuy**. Paysage clair de lune, d'ap. *J. Vernet*. Belle ép. avant la lettre les, armes, marges.

99 Commencement d'un orage, d'ap. *Rembrandt*. Belle ép. avant la lettre, les armes, marges.

100 **Marvy** (Louis). Paysage, d'ap. *Cabat*, avant la lettre. — Paysage, d'ap. *Ostade*, avant la lettre. — Paysage, d'ap. *Chacaton*, avant la lettre. — Paysage, d'ap. *Flers*, avant la lettre. — Paysage, d'ap. *Rousseau*, avant la lettre.

101 Forêt de Fontainebleau, d'ap. *Troyon*. — Clair de lune, d'ap. *Roqueplan*. — Entrée de village, d'ap. *Jules Dupré*. — Paysage, d'après *Rembrandt*.

102 **Massard**. Mme Greuze, étude du tableau de la Dame de Charité. Belle ép.

103 **Mécou**. Le beau Visage, d'ap. *Sicardi*. Ép. avant la lettre.

104 **Mercuri**. Mme de Maintenon, d'ap. l'émail de

Petitot. Très-belle ép. sur chine. — La mort de Wolff, d'ap. *West.* Petite eau-forte au trait gravée pour l'*Album cosmopolite.*

105 **Meryon.** La tour de l'Horloge du Palais de Justice.

106 La tour Notre-Dame et le Petit-Pont.

107 La tourelle de la rue de l'École-de-Médecine. 2 épreuves.

108 La pompe Notre-Dame.

109 Port de mer, dap. *Zeemann,* et animaux, d'après *Van de Velde.* — Passerelle du Pont-au-Change, 1621. Belles épreuves.

110 **Moreau** le jeune. Le Tombeau de Jean-Jacques Rousseau à Ermenonville. Eau-forte.

111 **Mouilleron.** La mort de l'évêque de Liége, d'ap. *Delacroix.* — Le Titien, d'ap. *Robert Fleury.* 2 lithographies, ép. chine.

112 **Muller,** école de Goltzius. Baptême de N.-S. Jésus-Christ. *Harmand Muller excudit.*

113 **Nanteuil** (Célestin). Frontispice du *Monde dramatique,* 1835. — Marie d'Angleterre (*Renduel,* 1833). 2 belles eaux-fortes.

114 **Piranesi.** Monuments de Rome, Tombeau des Curiaces, grande urne d'Alexandre Sévère. Trois grandes belles eaux-fortes.

115 **Pompadour** (la marquise de). L'Amour d'ap. une cornaline de *Guay*. Belle eau-forte, marges.

116 **Poilly** (François). La Vierge au berceau, d'ap. *Raphaël*. Belle ép.

117 **Posselwite.** Graveur anglais. Péché mignon d'ap. *Vidal*, ép. finement coloriée.

118 **Potter** (Paul). La Vache qui pâture. Belle ép. avant la lettre.
Vaches, 1re ép. avant la retouche dans le lointain, le ciel et les arbres.

119 **Raffet.** La Revue aux Champs-Élysées, lithographie, ancienne ép.

119 *bis* Mirabeau au Jeu de Paume, eau-forte.
La dernière charrette, lithographie, ancienne ép.

120 **Rembrandt.** Vieillard faisant l'aumône. Au-dessous de la tablette de la fenêtre : *Rembrandt*, 1617.

121 D'après Rembrand. Portrait de femme à mi-corps, par WP. *fecit*, belle eau-forte.

122 **Riffaut.** Les Crêpes et le Colin-Maillard, d'ap. *Giraud*, 2 belles ép. imprimées en rouge, grandes feuilles.

123 **Rivera.** La flore du Titien. Belle ép. toutes marges.

124 **Robert** (Léopold). L'Improvisateur napolitain ép. sur chine avant la lettre.

125 Madame David, d'ap. *David,* son mari, gravure de
Léopold Robert, avant la lettre.

126 { **Roqueplan.** La jolie Fille de Perth, ép. sur
chine, *chez Gaugain, n° 3.* Vue d'Italie (*tirée
de l'Artiste*).

127 { **Scheffer** (Ary). Si jeune...... (*tirée de l'Artiste*). Morton, deux lithographies, anciennes ép·

128 **Schultze.** Bacchante se préparant au sacrifice
d'ap. *Taraval.* Belle ép. , marges.

129 **Springinklee** Hans (Jean).
Déssinateur qui, suivant Doppelmair, a demeuré chez
Albert Durer qui lui a appris les principes de l'art.
Gravure sur bois.

130 **Surugues**. Roland apprend par les bergers la
fuite d'Angélique avec Médor, très-belle ép.
marges. Le tableau est au Louvre, dans la Galerie
Lacaze.

131 **Swanevelt.** La grande Cascade, le Bouquet
d'arbres, Vénus présentant à Diane l'Amour et le
jeune Adonis. Diverses vues de Rome, avec le
titre : *dédié aux vertueux.* 17 anciennes épreuves,
non de premier état, mais belles.

132 **Tardieu** (Alexandre) Marie-Antoinette en vestale, d'ap. *Dumont.* Belle ép. avant lettre, grandes
marges.

133 Dame en grand costume de la cour de Marie-
Antoinette, d'ap. *Kimly.* Belle ép. avant la lettre.

134 L'étude au village d'ap. *Gérard Dow.* Belle ép.

135 **Testa** (Pietro). Offrandes à l'Enfant Jésus ; le nom du graveur sous le banc de pierre.

136 { **Trimolet.**
Job.
Chansons des rues, 2 belles eaux-fortes. }

137 **Van Dick.** Jean Breughel, eau-forte.
La planche de ce portrait n'a pas été terminée.

138 **Veirotter.** Eaux-fortes.   12 pièces.

139 **Vénitien** (Augustin) ou **Eneas** Vico. La Colonne Trajane, au bas : *Ant. Lafreri sequani formis Roma* 1544.

140 **Verkruyst.** Très-vieille estampe allemande.

141 **Villamène** (François). Sainte Marguerite, *sursum corda.* Très-belle ép. avant la lettre.

142 **Vivarès.** Halte de soldats d'ap. *Simonin.* Paysage d'ap. *Zuccarelli,* 2 belles ép.

Waterloo.

Pièces en hauteur :

143 Les deux voyageurs au repos.

144 Un paysage orné d'un sujet de l'Ancien Testament.

145 Un autre   id.   id.
Belles ép. de 1er état.

Pièces en largeur :

146 10 pièces, paysages, villes, etc. anciennes et bells épr.

147 **Wierix** (Antoine). Le Christ en prison, pièce très-fine d'exécution.

148 { **Wild**. Vue prise à Amsterdam.
Départ des israélites pour la terre sainte, ép. d'essai, 2 belles lithographies.

149 **Wille** (Georges). Mort de Cléopâtre, d'ap. *Netscher*.

150 La Maîtresse d'école.

151 La Récureuse, belles ép.

De l'école de Wille :

152 L'Homme au pot de bière, très-beau burin.

153 **Woolett** (William). Riche paysage d'ap. *Annibal Carrache*. Belle ép. marges.

154 **Wingaerde** (William). Paysage, d'ap. *Titien*.

GRAVURES EN COULEUR.

155 { La jeune Fille aux pigeons, d'ap. *Angelica Kauffmann*, par *Burke*, avant la lettre.
Jeune Fille à la guitare. id.

156 { Le secret entretien, d'ap. *Coutelier*, par *Pitou*.
Jeune Grecque, avant la lettre.

157 {
Diane, par *Demarteau*.
Sophonisbe, gravure allemande.
Projets de mariage, par *Ward*, graveur anglais.

DIVERSES ÉCOLES.

ÉCOLE FRANÇAISE.

158 {
Bosse (Abraham). Titre de son traité de gravure.
Denon. Sujets et croquis.
Eisen. Diverses vignettes avant la lettre.
Mellan (Claude). La Madelaine au désert, avant la lettre.

159 {
Pièces historiques. Revue au Champ de Mars, sous le premier empire.
Tribunal révolutionnaire.
Louis-Philippe au Palais-Royal (1830), épr. avant la lettre.

ÉCOLE ANGLAISE.

160 **Anke Smidt.** Assassinat du lord maire
en 1381, belle ép.

161
Cousin, Greatbach Rolls. — Jolies
vignettes, dont deux avant la lettre.
Robinson. Le mariage de la Vierge, *d'après
Vanloo*, ép. avant la lettre.
Robinson. L'Amour médecin.

162 **Sujets tirés de Shakespeare.** Macbeth,
Falstaff, Ophélie, Romeo et Juliette, par
Schiavonetti, Taylor, Simon, belles épr.

ÉCOLE ALLEMANDE.

163
Brand. Clair de lune, manière noire.
Coelemans. Diane et ses nymphes.
Klaas. Deux paysages, eaux-fortes; plus quatre
anciennes pièces dont une avec l'adresse de
Clément de Jonghe.

164 { **Crispin de Pas.** 1 pièce.
Kilian. Princesses d'Allemagne, beaux ornements. 4 pièces.

165 { **Sadeler.** Cinq belles eaux-fortes.
Schelte à Bolswert, pièce d'après Rubens,
ornements. 2 pièces.

ÉCOLE ITALIENNE.

166 *Tres vidit et num adoravit*, d'après Raphaël,
Leroux excudit Roma.

167 **Frises.** Bas-reliefs d'après l'antique. Très-
belles épr. presque toutes avant la lettre.

PORTRAITS.

167 *bis* **Ceroni.** Portraits d'après les émaux de
Petitot, épreuves d'artiste sur chine numérotées.
Mesd. — Dubarry, n° 67. — Pompadour, n° 67.
— Maintenon, n° 52. — Sévigné, n° 31. 4 pièces.

168
- **Cornillet.** La femme de Rubens.
- **Dambrum.** Le roi de Prusse.
  A placer en tête de la correspondance de Voltaire avec le roi de Prusse, ép. avant la lettre.
- **Lemud.** Portrait de Gigoux, belle ancienne ép. de *l'Artiste*.

169
- **Pannier.** Portrait de Velasquez, avant la lettre.
- **Pelée.** Bernardin de Saint-Pierre, épr. sur Chine avant lettre.

170
- **Pigeot.** Le Docteur de la Chaumière indienne, in-f°, grandes marges, avant la lettre, chine.
- Bossuet, *d'ap. Rigaud*, avant la lettre.

171
- **Reinolds.** Portrait de femme, *d'ap. Dubuffe*, avant la lettre.
- Jeune femme, *d'ap. Bonington*, avant la lettre.

172
- Portrait de Mme Doche, gravé en Angleterre, avec autographe de Mme Doche.
- Trois petits portraits par Flameng, Carey, Staal, dont le portrait de Cora Pearl.

173
- Louis XVI et Louis XVII, gravés en Angleterre ; Marie-Antoinette, par Outwaite, avant la lettre.   3 pièces.

174
- **Régnault,** graveur.
  Mort de misère, après le siège, en 1871. Le dessin de cet artiste laissait à désirer, mais son habileté à manier le burin était remarquable.
- Mlle Mars, deux épreuves d'essai.
- Catherine II, une ép. d'essai, une terminée.

175 L'impératrice Eugénie, deux ép. d'essai, une
terminée.

176 Autres portraits et divers sujets.   10 pièces.

EAUX FORTES MODERNES
& VIGNETTES.

177
Corot. Quatre eaux fortes et une de Bracque-
mond.
Lefmann. Paysage, *d'ap.* *Flers*, avant la
lettre.

178
Michelin. Paysage, ép. d'artiste.
**Damour, Appian, Malardot, Cabat,
Collignon, Pequegnot, Laderer.**
17 pièces.

179 **Chaplin, Hédouin, Vattier.** Quatre ép.
avant la lettre.

180
Frilley. Héro et Léandre, avant la lettre.
Lefèvre. Adam et Ève, avant la lettre.

181
Forster. Vignette pour l'*Émile* de J.-J. Rousseau, avant la lettre.
Vallot. Lucie de Lammermoor, d'ap. *Raffet*,
avant la lettre.

182 { **Audibran.** Deux vignettes pour Béranger, ép. avant la lettre.
Trois autres pièces. Marion Delorme, M^meVéuns.

LITHOGRAPHIES.

183 **Bellangé** (Georges). Trois dessins en fac-simile, *d'ap. Prudhon.*, ép. d'artiste, dont une signée du lithographe.

184 **Cals.** Le Tintoret et sa fille, *d'ap. Léon Cogniet,* tiré des *Beaux-Arts* de Curmer.

185 **Barye, Deveria, Henri Monnier, Gudin, Vernet** (Carle et Horace), etc.

8 pièces.

DESSINS.

ANONYMES.

ÉCOLE FRANÇAISE.

186 Paysage. Belle perspective, dessin en rond à la mine de plomb, 1750.

187 Serment d'amour, signé F. R.

Plume et bistre.

188 La Balançoire.

Aquarelle.

189 Ruines d'un temple grec.

Aquarelle.

190 Jeune martyre.

Fusain.

191 École de Lebrun ou de Lesueur. Le Christ au Jardin des Oliviers.

Beau dessin aux trois crayons.

192 Deux dessins.

Mine de plomb et aquarelle.

ÉCOLE ALLEMANDE.

193 Intérieur d'un village.

Sépia.

194 Un clair de lune.

Aquarelle.

ÉCOLE ITALIENNE.

195 Femme surprise au bain.

Plume et rehaussé de blanc.

196 Une tête de satyre.

Sanguine.

197 Ruines de Rome.

Plume et sépia.

198 Intérieur d'un temple.

Plume et bistre.

199 Frise, d'après l'antique.

Plume et bistre.

200 Tête d'après l'antique.

A plusieurs crayons.

201 Deux dessins.

Plume et bistre.

---

202 **Aved** (Joseph), peintre, auteur du portrait de Jean-Jacques Rousseau. — Une Vestale. 1760, signé J. A.

Dessin aux trois crayons.

203 **Baron.** Jeune homme posant une couronne sur la tête d'une jeune fille.

Dessin.

204 **Beaumont** (de). Canotières.

Crayon.

205 **Bellangé.** Tête de jeune fille.

Crayon.

206 **Bernard,** calligraphe du siècle dernier. — Mme de Magny. — Portrait à la plume, rendu à main levée, 1780.

207 **Bernin** (le). Deux dessins.

Signés.

208 **Boilly.** Les cinq sens.

Dessin.

209 **Boissieu.** Vieille femme.

Bistre.

210 **Bouchardon.** Dessin d'après l'antique.

A la plume, relevé de blanc.

211 **Boucher.** Tête de jeune fille.

Dessin aux trois crayons.

212 **Cagliari** (Carlotto,) fils de Véronèse. — Transfiguration de la Vierge.

Sanguine.

213 **Chassériau** (Théodore). — Portrait de Mlle Bagdanoff.

Mine de plomb. — Signée.

214 **Cicéri.** Paysage.

Aquarelle. — Signé.

215 **Cignani.** Vierge et enfant Jésus.

Sanguine.

216 **Cogniet** (Léon). Paysage.

Très-belle aquarelle 1841. — Signée.

217 **Compte-Calix.** Jeunes châtelaines en promenade.

Dessin à plusieurs crayons. — Signé, avec dédicace.

218 **Corrège** (le). Vierge et enfant Jésus.

Sanguine.

219 **Crespi** (Daniel). Saint en prière.

Signé.

Decamps.

220 Turcs. Halte de voyageurs.

221 Une exécution.

Dessins au fusain.

222 **Devéria** (Eugène). Sultane entourée de ses femmes.

Sépia.

223 **Dusart** (Corneille), élève de Van Ostade. — Intérieur d'école.

Plume et bistre. — Signé.

224 **Duvieux** (H.). Paysage d'Italie.

Aquarelle.

225 **Elloirab.** Paysage, environs de Rome.

Aquarelle très-fine d'exécution, 1806.

226 **Fragonard.**

Dessin à la sanguine. — Signé.

227 **Gallimard.** Victoire!

A la plume. — Signé.

228 **Géricault.** Chevaux.

Bistre. — Signé.

229 **Gillot.** Bacchanales.

Plume et bistre.

230 **Herst.** Entrée de village.

Aquarelle. — Signé.

231 **Hoguet.** Moulin.

Aquarelle.

232 **Hubert Robert** (ou école). Ruines d'un temple.

Gouache.

233 **Jeanron.** Samson et Dalila.

Fusain.

234 **Johannot** (Tony). La Châtelaine.

Aquarelle. — Signée.

235 L'écolier de Cluny.
Dessin à la plume, et la gravure sur bois de ce dessin.

236 **Kauffman** (Angelica). Tête de jeune fille.

Aquarelle

237 **Lalmand.** Monument de Rome, 1740.

Plume.

238 **Lantara.** Un paysage.

Crayon noir.

Un paysage, ruines.

Sanguine. — Signé.

Lavallée (premier peintre de fleurs de la manufacture de Sèvres).

239 Fleurs.
240 Oiseaux.

Deux aquarelles.

241 **Lebas** (Hippolyte). Vue d'un parc.

Aquarelle.

242 **Leprince.** Paysage.
Crayon, et la gravure par Saint-Non.

243 **Lorrain** (Claude). Trois paysages.

Plume et bistre.

244 **Manglard.** Un port de mer.

Plume et bistre. — Signé.

245 **Moine** (Antonin). Paysage.

Crayon aquarelle. — Signé.

246 **Murillo.** Saint en prières.

Signé.

247 **Nilsonn.** Portrait du temps de Louis XV.

Crayon et aquarelle.

248 **Panini.** Intérieur d'un palais.

Signé.

249 **Pas** (Crispin de), Henri IV terrassant ses enne-
mis, 1575.   Signé.

250 **Pizarro,** peintre espagnol. — Vue de l'Alham-
bra.

Bistre. — Signé.

251 {
Poussin. Paysage.   Plume et bistre.
Saint-Laurent.   Dessin.
Paysage.   Bistre.
Paysage.   Plume.

252 **Prudhon.** Joseph et Putiphar.

Dessin à la plume.

253 **Raffet.** Une arrestation sous la Révolution.

Dessin à la plume. — Signé.

254 **Rogier** (Camille). Femmes de Malte, 1843.
Aquarelle. — Signée.

255 **Romain** (Jules) et **André del Sarte.**
Deux dessins.

Rosso (Le). Les Driades.
Dessin à la plume, avec la gravure de ce dessin
par Boivin, gravure cataloguée dans Robert
Duménil, n° 74.

256 **Testa** (Pietro). Sacrifice d'Iphigénie.
Dessin à la sanguine, avec la gravure à l'eau-forte
de ce dessin par Pietro Testa lui-même.

257 **Turpin de Crissé** (comte). Paysage.
Sépia. — Signé du monogramme.

258 **Van der Verff.** Abraham et Agar.
Crayon rehaussé de blanc.

259 **Vernet** (Carle). Louis XVIII à Gand.
. Dessin à la plume. — Signé.

260 **Veronese** (Paul). Suzanne et les Vieillards.

261 Betsabée au bain.
Deux dessins à la plume.

Typ. Ch. de Mourgues F^{res}— 486.